HOTEL DROUOT SALLE N .

Beaux Meubles

ÉPOQUE LOUIS XV & LOUIS XVI

BRONZES, TABLEAUX, PORCELAINES, FAIENCES,
GARDE-ROBE. DIAMANTS

EXPOSITION PUBLIQUE

Le Dimanche 8 Avril 1883 de 1 h. 1γ2 à 5 h. 1γ2

M. DURANTON
COMMISSAIRE-PRISEUR DE L'ENREGISTREMENT ET DES DOMAINES
32, RUE SAINT-LAZARE, 32
PARIS

PARIS. — IMPRIMERIE RAOUL BONNET ET Cie, 38, RUE DE CHATEAUDUN.

CATALOGUE

DES

Beaux Meubles

DE L'EPOQUE LOUIS XV ET LOUIS XVI

MEUBLES DE FANTAISIE

PIANO EN BOIS DE ROSE, TABLEAUX, PASTEL, GRAVURE

BRONZES D'ART ET D'AMEUBLEMENT

FAIENCES, PORCELAINES, CHRIST EN IVOIRE

GARDE ROBE DE FEMME, FOURRURES, DIAMANTS

OBJETS DIVERS

Dont la vente aura lieu, par suite du décès de Mme la comtesse de C***

et en vertu d'ordonnance

Les LUNDI 9 & MARDI 10 AVRIL 1883

A DEUX HEURES

HOTEL DROUOT, SALLE N° 7

Par le ministère de Me DURANTON

Commissaire-priseur de l'Enregistrement et des Domaines,
à Paris, 32, rue Saint-Lazare.

Exposition le dimanche 8 avril 1883, de 1 heure à 5 h. 1\2

CONDITIONS DE LA VENTE

Elle sera faite au comptant.

Les Acquéreurs paieront CINQ POUR CENT en sus des enchères.

L'Exposition mettant le public à même de se rendre compte de l'état des objets, il ne sera admis aucune réclamation une fois l'adjudication prononcée.

DÉSIGNATION

BIJOUX

1 — JOLIE BROCHE formant pendant de cou composé d'un gros diamant, entouré de huit diamants et roses, d'un rang de trente et un brillants, entouré de guirlandes en diamants et roses, enrichi d'une pendeloque et attache en diamants.

2 — BEAU BRACELET orné de dix-sept brillants entouré de guirlandes.

3 — JOLIE BAGUE composée de deux saphirs, six brillants entrecoupés de roses.

4 — JOLIE BAGUE formée de deux perles fines, entourée de quatre brillants.

5 — PAIRE DE BOUCLES D'OREILLES formées de deux brillants solitaires.

6 — BROCHE étoile composée d'un gros brillant et vingt-quatre petits brillants, monture argent.

7 — PENDELOQUES DE BOUTON DOREILLES ornées chacune de vingt-trois brillants, monture argent (manque un brillant).

8 — BOUTONS D'OREILLES diamant solitaire monture à vis.

9 — BAGUE montée d'un brillant, entourage émaillé noir.

10 — BRACELET avec peinture entourée de roses et orné de six perles fines.

11 — BOUTONS DE CHEMISE ornés d'un brillant.

12 — EPINGLE forme croix ornée de roses, monture en argent.

13 — EPINGLE lettres entrelacées ornées de roses.

14 — BOUCLES D'OREILLES anneau entouré de turquoises.

14 — CROIX, ornée de perles et de rubis.

16 — Porte-bonheur or (10 grammes).

17 — Bracelet or guilloché (25 grammes).

18 — Montre à remontoir (homme).

18 *bis* — Menus Bijoux en or et Bijoux faux.

MEUBLES

19 — Commode Louis XV, ventrue à retours, bronze d'encadrement, broche de l'époque.

20 — Petit bureau Louis XV à dos d'âne, garni bronze époque.

21 — Bibliothèque Louis XV à galeries bronze époque; légèrement restaurée.

22 — Petit bonheur du jour, marqueterie Louis XVI garni de bronzes.

23 — Un secrétaire Louis XVI, bois de rose, marqueterie et bronze.

24 — Un chiffonnier.

25 — Un piano, bois de rose, avec plaque de Sèvres
et bronze de Mombro.

Grande Médaille de l'Exposition universelle de Pleyel.

26 — Un guéridon bronze.

27 — Une jardinière bois de rose, garnie de bronze.

28 — Un lit en bois peint.

29 — Une table de nuit

30 — Un buffet de salle à manger.

31 — Une table à manger en chêne, dite à volet.

32 — Une servante chêne sculptée.

33 — Sept chaises cannées en chêne sculpté.

34 — Deux petites étagères en bois d'acajou.

35 — Une toilette et sa garniture.

36 — Une grande glace biseautée.

37 — Deux fauteuils Voltaire.

38 — Un fauteuil crapaud.

39 — Une chaise basse, une chaise cannée.

40 — Un tabouret de piano.

41 — Une petite table chêne.

BRONZES

42 — Un cartel Louis XVI.

43 — Une grande pendule Louis XV.

44 — Deux chenets Louis XV.

45 — Un encrier Louis XV.

46 — Deux appliques Louis XV.

47 — Deux lampes en bronze.

48 — Une pendule bronze et deux lampes.

49 — Une suspension à gaz et deux autres appareils à gaz.

50 — Deux petits cadres en bronze.

51 — Un porte-bouquet, deux bras appliques pour lampe.

52 — Deux bouts de table.

53 — Un buste bronze.

54 — Deux porte-bouquets, bronze et cristal.

55 — Deux lampes, bronze et faïence.

56 — Deux étagères porte - musique , montúre bronze, plateau cristal.

57 — Une coupe bronze émaillé.

58 — Deux coupes monture bronze.

59 — Une petite pendule bronze.

60 — Une papeterie cuivre repoussé.

61 — Un lustre bronze orné de cristaux.

62 — Une petite suspension, globe de couleur,

63 — Garnitures de foyer.

TABLEAUX

64 — Un portrait peinture sur étoffe

65 — Une gravure ancienne.

66 — Une aquarelle.

67 — Un tableau, école française, attribué à Lancret.

68 — Un tableau, école hollandaise, **signé Olliva-**
ter, 1779.

69 — Un tableau, école hollandaise.

70 — Un tableau paysage.

71 — Un pastel, cadre bois noir, attribué à Latour.

72 — Un lot de petits tableaux, gravures, litho-
graphies, chromos, photographies, etc.

PORCELAINES & FAIENCES

73 — Un lot d'assiettes en faïence ancienne.

74 — Une jardinière faïence.

75 — Un verre d'eau cristal, plateau en glace orné de bronze.

76 — Un cartel Louis XVI porcelaine de Saxe.

77 — Un plateau, peinture sur porcelaine.

78 — Un plat faïence italienne (mauvais état).

79 — Deux petits porte-bouquets.

80 — Une coupe corbeille de fleurs.

81 — Deux porte-bouquets.

82 — Quatre jardinières faïence.

83 — Deux figurines porcelaine de Saxe.

84 — Deux vases porcelaine dorée et décorée.

85 — Un porte-bouquets porcelaine de Saxs.

LIVRES, OBJETS DIVERS

86 — Cent cinquante volumes, œuvres, romans, ouvrages de littérature et de musique.

87 — Un lot d'objets de toilette.

88 — Petites glaces, miroirs, bénitier en bois sculpté.

89 — Une peau de lynx.

90 — Coffrets à ouvrage et à bijoux.

91 — Cage à oiseau.

92 — Christ en ivoire ancien.

93 — Un nécessaire des ongles.

94 — Un lot d'éventails.

95 — Un violon et son archet.

96 — Un service à découper, douze couteaux ordi-
naires, douze couteaux à dessert, un couvert à
salade, une truelle argent.

TENTURES

97 — Tentures de la chambre à coucher en reps
bleu orné de bandes à fleurs, et de salle à manger en damas à fleurs.

98 — Tapis couvrant la salle à manger, la chambre
à coucher et le cabinet de toilette. Descente
de lit, carpette, devant de feu, tablette de che-
minée, écran.

LINGE DE MAISON

99 — Un lot de draps, nappes, serviettes, torchons,
tabliers, taies d'oreiller, stores et rideaux en
mousseline et en guipure.

GARDE-ROBE

100 — Quatre costumes soie, satin et velours; deux robes de chambre, un peignoir, une confection, r bes, jupes et corsages en laine.

101 — Un lot de fourrures.

LITERIE

102 — Un lit cage avec sa literie.

103 — Matelas, couvertures, traversins, oreillers.

104 — Batterie de cuisine, vaisselle, verrerie.

CAVE

105 — Bouteilles de vin rouge et blanc.

106 — Bouteilles vides, casiers, etc.

107 — Objets non inventoriés, chambre de bonne, objets divers, débarras.

PARIS. — IMP. RAOUL BONNET ET Cie, RUE DE CHATEAUDUN, 38.